À tous les membr

L'apprentissage de la lecture est l'une
importantes de la petite enfance. La c(
pour aider les enfants à devenir des le(...
Les jeunes lecteurs apprennent à lire en se souvenant de mots utilisés
fréquemment comme « le », « est » et « et », en utilisant les techniques
phoniques pour décoder de nouveaux mots et en interprétant les indices
des illustrations et du texte. Ces livres offrent des histoires que les
enfants aiment et la structure dont ils ont besoin pour lire couramment
et sans aide. Voici des suggestions pour aider votre enfant avant,
pendant et après la lecture.

Avant

Examinez la couverture et les illustrations, et demandez à votre
enfant de prédire de quoi on parle dans le livre.

Lisez l'histoire à votre enfant.

Encouragez votre enfant à dire avec vous les formulations et les mots
qui lui sont familiers.

Lisez une ligne et demandez à votre enfant de la relire après vous.

Pendant

Demandez à votre enfant de penser à un mot qu'il ne reconnaît
pas tout de suite. Donnez-lui des indices comme : « On va voir si
on connaît les sons » et « Est-ce qu'on a déjà lu un mot comme
celui-là? ».

Encouragez l'enfant à utiliser ses compétences phoniques pour
prononcer d'autres mots.

Lorsque l'enfant a besoin d'aide, lisez-lui le mot qui pose un
problème, pour qu'il n'ait pas trop de mal à lire et que l'expérience
de la lecture avec les parents soit positive.

Encouragez votre enfant à lire avec expression... comme un
comédien!

Après

Proposez à votre enfant de dresser une liste de mots qu'il préfère.

Encouragez votre enfant à relire ses livres. Il peut les lire à ses frères
et sœurs, à ses grands-parents et même à ses toutous. Les lectures
répétées donnent confiance au jeune lecteur.

Parlez des histoires que vous avez lues. Posez des questions et
répondez à celles de votre enfant. Partagez vos idées au sujet des
personnages et des événements les plus amusants et les plus
intéressants.

J'espère que vous et votre enfant allez aimer ce livre.

Francie Alexander,
spécialiste en lecture
Groupe des publications
éducatives de Scholastic

Pour Charlotte,
que la fée des dents viendra voir souvent.

– K. M.

Pour les enfants du Camp Heartland

– M. S.

Données de catalogage avant publication (Canada)

McMullan, Kate
  Caramel et la fée des dents

(Je peux lire!. Niveau 3)
Traduction de : Fluffy meets the tooth fairy.
ISBN 0-439-98570-6

I. Smith, Mavis. II. Duchesne, Lucie. III. Titre. IV. Collection.

PZ23.M345Cad 2000   j813'.54   C00-931146-7

Édition publiée par Les éditions Scholastic,
175 Hillmount Road, Markham (Ontario) L5C 1Z7 CANADA.

5 4 3 2 1   Imprimé au Canada   00 01 02 03 04 05

CARAMEL
et la fée des dents

Texte de Kate McMullan
Illustrations de Mavis Smith
Texte français de Lucie Duchesne

Je peux lire! — Niveau 3

Les éditions Scholastic

Caramel et sa dent branlante

— J'ai une dent qui branle, Caramel,
dit Damien en faisant bouger sa dent.
« **Ouille!** » pense Caramel.

— Elle va tomber, dit Damien.

Je la mettrai sous mon oreiller et pendant
que je vais dormir, la fée des dents viendra
la prendre.

Et elle va me laisser un cadeau.

« **Ah oui?** » se demande Caramel.

Caramel aime les cadeaux.

Il se demande s'il a une dent qui branle.

Il essaie de faire bouger son incisive de droite.

Rien à faire.

Il essaie de faire bouger celle de gauche.

Rien... ou peut-être?

Elle bouge peut-être un petit peu.

Mathieu vient près de la cage de Caramel avec
Guimauve, la femelle cochon d'Inde de la classe
de monsieur Petit.
Damien montre sa dent à Mathieu.
— Super, dit Mathieu en mettant Guimauve
dans la cage de Caramel. Ma cousine a perdu
une dent, et la fée des dents lui a laissé une
bande dessinée.

« J'ai une dent qui branle », dit Caramel à Guimauve.

« Ce n'est pas vrai », dit Guimauve.

« Oui, c'est vrai, dit Caramel. **Je vais la mettre sous mon oreiller. La fée des dents prendra ma dent et me laissera un cadeau.** »

Guimauve lève les yeux au ciel.

« **Tu n'as même pas d'oreiller** », dit-elle.

Damien fait toutes sortes de trucs avec
sa dent.
Il ferme la bouche, et pousse sa dent entre
ses lèvres.
— Ouach! fait Mathieu.

« **Et les dents des cochons d'Inde ne tombent pas,** ajoute Guimauve. **Alors, nous grugeons des choses pour user nos dents.** »

Avec sa langue, Damien fait reculer sa dent.
— Quelle horreur! fait Mathieu. Je peux voir
l'intérieur de ta dent.

« Si nous ne grugions pas, nos dents deviendraient si longues que nous ne pourrions plus manger », explique Guimauve.
« **Oh là là!** » se dit Caramel.

— Damien! s'écrie Mathieu. Ta dent est tombée!

Les garçons regardent sur la table et sur le
plancher.

— Tu as dû l'avaler, dit Mathieu.

— Penses-tu que la fée des dents va
m'apporter un cadeau? demande Damien.

Mathieu secoue la tête.

— Pas de dent, pas de cadeau!

La dent égarée

C'est au tour à Damien d'emmener Caramel
à la maison pour la fin de semaine.
Mathieu aide Damien à mettre la cage de
Caramel dans la voiture.
Zoé, la sœur de Damien, est assise en avant.
Damien et Caramel s'assoient à l'arrière.

— Maman! Ma dent est tombée, dit Damien, mais je l'ai avalée.

Est-ce que la fée des dents va quand même me faire un cadeau?

— Écris-lui une lettre, répond sa maman, et place-la sous ton oreiller. La fée des dents sait qu'on peut égarer une dent.

Zoé se tourne vers Damien.

— Pas de dent, pas de cadeau, chuchote-t-elle.
Caramel trouve que, même si la dent est égarée,
la fée devrait donner un cadeau à Damien.

Ce soir-là, Damien écrit un message à la fée des dents. Il le lit à Caramel :

Chère fée des dents,
Ma dent est tombée aujourd'hui,
mais je l'ai probablement avalée.
Alors je ne peux pas la mettre sous
mon oreiller. Est-ce que vous pouvez
quand même me donner un cadeau?

Votre ami, Damien

Damien se met au lit et place la lettre sous
son oreiller.

— Bonne nuit, Caramel, dit Damien.

Caramel se tourne d'un côté puis de l'autre, dans son foin. Il pense à la dent de Damien. Il espère que Mathieu et Zoé se trompent lorsqu'ils disent : « **Pas de dent, pas de cadeau.** »

Caramel se fait un petit lit dans le foin
et se couche.
Ouille! quelque chose de dur
lui fait mal.
Caramel sursaute et creuse
dans le foin.

Il trouve un petit quelque chose,
blanc et dur…

« **Ah ah!** pense Caramel. **J'ai trouvé
la dent égarée.** »

Caramel rencontre la fée des dents

Caramel crie et siffle. Mais il ne réussit pas à réveiller Damien.

« **Je dois mettre cette dent sous son oreiller** », se dit Caramel.

Caramel met son bol à l'envers.
Il place sa boîte de carton par-dessus le bol.
Et son tunnel, par-dessus la boîte.

Caramel prend la dent de Damien et grimpe
jusqu'en haut.
Mais arrivé tout en haut, Caramel perd pied!
« **Restons calme** », se dit Caramel.

Caramel ferme les yeux et se laisse tomber.

PADABOUM! Il atterrit sur la commode de Damien.

Il met la dent dans sa gueule et descend.

Caramel finit par atteindre le plancher.
« **Parfait!** se dit-il. **J'ai réussi!** »
Caramel court vers le lit de Damien.
Il entend un bruit.
« **Est-ce que c'est la fée des dents?** »
se demande Caramel.

Non, c'est un chat!
Caramel s'enroule dans le tapis de Damien
pour se cacher.
Le chat regarde Caramel, et Caramel
regarde le chat, pendant un bon moment.

Enfin, il entend Zoé :

— Brutus! C'est l'heure de manger!

Brutus file à toute allure.

Caramel roule dans l'autre sens pour sortir
du tapis.

Il court à toute vitesse vers le lit de Damien.

Caramel s'agrippe au drap de Damien et grimpe.
Puis, il place délicatement la dent sous l'oreiller
de Damien.

« **Bravo!** se dit Caramel. **Mission accomplie!** »

Caramel est fatigué. Il doit se reposer un peu avant de retourner dans sa cage.
Il se glisse sous la couverture, met la tête sur l'oreiller et ferme les yeux.

Soudain, la fée des dents apparaît.

« **Hé! on dirait Guimauve en tutu!** »

pense Caramel.

« **Ôte-toi de là, jeune homme!**

dit la fée d'une grosse voix.

Je ne peux pas soulever cet oreiller. »

Caramel saute d'un bond. La fée des dents
soulève l'oreiller et prend la dent de Damien.
« **Je l'ai!** » s'écrie la fée.
Elle l'ajoute à son collier de dents.

« **Je m'en vais** », dit la fée des dents.

« **Un instant!** dit Caramel. **Et le cadeau de Damien?** »

La fée des dents lève les yeux au ciel.

« **D'accord, d'accord** », dit la fée.

Elle place deux pièces de monnaie sous l'oreiller.

« C'est moi qui ai placé la dent ici. Je n'ai pas droit à un cadeau, moi aussi? » dit Caramel.
« Ce n'était pas ta dent, répond-elle.
Pas de dent, pas de cadeau! »

Caramel se réveille. « **Est-ce que j'ai fait un cauchemar?** » se demande-t-il.

Au même moment, il aperçoit quelque chose qui scintille au-dessus de l'oreiller de Damien.

On dirait des étincelles bleues et jaunes.

« **C'est un beau rêve** », se dit Caramel.

Et il referme les yeux.

— Caramel! dit Damien.

Caramel ouvre les yeux. Il est dans sa cage. Mais comment est-il arrivé ici? Il ne le sait pas.

— La fée des dents est venue! dit Damien.

« **Sans blague?** » se demande Caramel.

— Elle m'a donné deux pièces de vingt-cinq cents, dit Damien... et aussi un cadeau pour toi!

« **Pour moi?** » pense Caramel.
Damien dépose un beau gros
morceau de poivron vert dans la cage
de Caramel.
Caramel prend une bouchée du
poivron, délicieux et croquant.

« **Miam!** se dit Caramel. **Zoé et Mathieu** avaient tort. Pas de dent... mais un cadeau! »